Richard Schaukal

Tristia

Neue Gedichte aus den Jahren 1897-1898

Richard Schaukal

Tristia
Neue Gedichte aus den Jahren 1897-1898

ISBN/EAN: 9783743495630

Hergestellt in Europa, USA, Kanada, Australien, Japan

Cover: Foto ©Andreas Hilbeck / pixelio.de

Manufactured and distributed by brebook publishing software
(www.brebook.com)

Richard Schaukal

Tristia

Tristia.

Neue Gedichte aus den Jahren 1897–98

von

Richard Schaukal.

> Es ist schließlich gar nicht das
> Glück, das wir suchen; es ist etwas
> anderes, etwas höheres.
> Arne Garborg, „Müde Seelen".

Leipzig.
Verlag von P. Friesenhahn.
1898.

Ferdinand von Saar

ein junger Oesterreicher

als Zeichen

seiner Ehrfurcht und Liebe.

Überschrift.

Wer der Kunst gehört, ist einsam,
Sei ihm noch so viel mit der Menge
                                    gemeinsam.

Tristia.

(Lieder stiller Leiden).

Chacun entre en Dieu
autant que Dieu entre
en lui . . . . .
H. F. Amiel.

Ave!

Aus der klagenden Weise meiner Lieder
Kannst du dir von meinem verdorbenen Leben
Wie mit Wünschelruten die Kunde heben,
Beugst du mit Liebe dich und mit Andacht nieder.

Das Denken spannt meiner Leier Saiten,
Der Schmerz zerreißt sie in die silbernen Lieder. . . .
Soll ich mit verbundenen Augen in der Sonne
        schreiten?
Heute hilft's mir. — Morgen kommt sie gebietend
        wieder.

Meiner Mutter.
(21. Juni 1897.)

Die Blütenranken der Kinderzeit
Sind längst von der Schulter gesunken,
Aus der Quelle der Stunden hab' ich das Leid
Und heiße Sehnsucht getrunken.

Nur manchmal in meine Träume dringt
Aus vergangenen Tagen ein Läuten.
Das reine Silber, das in ihm klingt,
Das kann ich mir nicht mehr deuten.

Dir blieb die Kunde von jenem Klang
Und all seinen Seligkeiten.
Sag' du mir denn, was die Glocke sang,
Eh sie verhallt im Weiten.

Der Brunnen.

In den tiefen Brunnen meiner Seele
Blick' ich oft, ob mir auch wie ein Siegel
Blauen Himmels Abbild auf dem Spiegel
Alle Kiesel auf dem Grunde hehle.

Einst.

Sag' mir, wo ist die Zeit,
Da die Rosen mich riefen
Und die Vögel in den Waldtiefen
Mich grüßten, wenn ich kam?
Sag' mir, wer nahm
Dem Frühlingswind seinen Übermut,
Der immer nur meinen Hut
Packen wollte und schleifen?
Ich kann's nicht begreifen.
Es liegt alles so weit.

Sag' mir, warum der Kuß,
Den die Mutter mir gerne
Gab, wie das Blinken der Sterne
Mir ganz natürlich schien,
Da ich heut staunen muß:
Gilt er mir oder hat ihn
Das Kind von einst bekommen?
Sag', warum hat man mir alles genommen? ..
Du weißt es nicht? ... Weinst?
Rührte auch dich dein Einst? . . . . .

Auf allen Wegen.

———

Ich habe dich auf allen Wegen
Mit verdurstender Seele gesucht,
Da ich dich nirgend fand, hab' ich meiner Sehnsucht
                                        geflucht:
An alle Bäume an den durchwanderten Stegen
Wollt' ich, vom Haß gepeinigt, mein Beil ver-
                                heerend legen:
So machtlos meiner Sinne war ich und so
                                zorn=verrucht.
Da kam ein mildes Hauchen über mich,
Wie wenn der Frühlingswind im ahnenden Lande
                                        geht,
Wie Gottes Finger war's, der über meine Stirne
                                        strich,
Und dessen kühlen sanften Trost kein Sturm
                                verweht.
Der wilde Grimm in meiner Brust verstarb,
                                verblich,
Und meine Demut neigte tief sich im Gebet.

Wenn doch!

Raschelnd schrumpfen meine Lebensblätter,
Einzeln fallen sie mit leisem Laut.
Käme doch ein hagelwildes Wetter,
Das die Früchte von den Äsen haut!

Träfe doch ein Blitz mit rotem Speere
Krachend meinen erdgeneigten Stamm,
Risse splitternd in das weite Leere
Den versengten aus der Tage Schlamm

Ein Traum.

In die heißen Nächte
Schlummerloser Qual
Trat ein Traum einmal,
Hob die sanfte Rechte,

Wehrte dem Geschwirr
Wilder Wahngedanken,
Ordnete mit schlanken
Fingern das Gewirr,

Wie es um die Seele
Sich beengend schlang,
Daß ihr Schluchzen drang
Bebend in die Kehle.

Milder süßer Traum,
Mußt' ich dich vergessen?
Als ich dich besessen,
Ahnte ich dich kaum.

Mit meinem Gott allein.

———

Laß mir, mein Gott, den Träumerblick,
Das Fragen in die Ferne!
Es tritt mir doch auf das Genick
Der Tag zu gerne.

Gib, daß ich nicht bescheiden werd'
Und gut und träge!
Und meinem scheuen Zauberpferd
Erspar nicht Schläge.

Nicht laß den Blick mit müdem Haupt
Zufuß mich schlagen,
Und was ich zürnend mir geraubt,
Das laß mich sagen.

Und schenk mir einen jähen Tod!
Doch meine Lieder
Laß flattern in das Morgenrot
Mit Sturmgefieder!

Erinnerung.

Durch sonnige Kinderstunden
Geht meine Erinnerung,
Als trüge sie keine Wunden,
Als wäre sie hoffensjung.

Uralte Bäume beschatten
Den kiesbestreuten Pfad,
Wo einst zum spielensmatten
Knaben das Leben trat.

Ausfahrt.

Trug Einer sein jauchzendes Herz in der Hand,
Wanderte leichthin durch lachendes Land,
Rief: „Leben, ich grüß' dich!"

Da kam ein Pfeil aus dem Fliederstrauch.
Sein Herz entfiel ihm, sein Singen auch.
Da weint' er: „Leben, ich büß' dich!"

Der Knabe, der Mann wird.

———

Gebt mir meine Ruhe wieder,
Meinen stillen Ährengang,
Als in Kränze leichter Lieder
Ich mein kleines Tagleid schlang.

Jäh eröffnet sich die Weite,
Stumm und drohend liegt die Welt,
Und ich stocke, zaudre, schreite,
Wie von Spähern rings umstellt.

Gebt mir meine Ruhe wieder
Und das Glück des Parcival,
Eh er von der Mutter nieder
Staunend ritt ins laute Thal!

Unterm Kastanienbaum.

Unterm Kastanienbaum
Saß ich und sann.
War einst mein Tag wie ein Traum.
Aber das Träumen verrann.

Stand auf und hob die Brust.
Leben ist schwer!
Sagt immer nur: „Du mußt!"
Hört nie: „Ich kann nicht mehr."

Standarten.

Wie riefen einst rote Standarten
In die schweigende Zukunft: Sieg!
Ein Knabe mit knospenzarten,
Vor den Dornen des Lebens bewahrten
Gedanken ersehnt' ich den Krieg.

Die Winde sind schlafen gegangen,
Die meine Wünsche geschwenkt.
Auf meine gebleichten Wangen
Haben sich traurig die langen,
Zerrissenen Fahnen gesenkt.

Einmal!

Einmal in die Sonnenhelle
Möcht' ich meine Seele heben!
Einsam in der Gitterzelle
Hör' ich ihre Sehnsucht beben.

Hohes Glück, nur müde Strahlen
Wirfst du an die Kerkerwände.
An den Stäben riß in Qualen —
Und umsonst der Wunsch der Hände.

Erlösung.

Wer auf seinem Grunde
Pflichtgefangen sitzt,
Wenn es durch die Stunde
Seiner Sehnsucht blitzt,

Streckt er seine Hände
Flehend nicht ins Licht?
Ruft er nicht das Ende,
Das den Ring zerbricht,

Der um die Gedanken
Sich zermalmend schlingt,
Seine kinderschlanken
Wünsche niederzwingt?

Feuerschüren.

Harren im Tage=Wallen
Bleicht mir Hoffen und Mut.
Prasselnd in meine Glut
Die Tropfen der Stunden fallen.

Stürzte zwischen die Brände
Doch ein entzügelter Wind!
Meine Augen sind feuerblind,
Rußig sind meine Hände.

Klepper Tag.

Wie auf lahmem Gaule
Trottet mir der Tag.
Mürrisch stapft der faule
Hinterm Uhrenschlag.

In der blauen Ferne
Steht mein Glück und winkt,
Wie der Gruß der Sterne
Über Sümpfen blinkt.

Hab' Erbarmen, warte!
Meine Geißel sieh!
Störrisch gegen harte
Streiche bleibt das Vieh!

Verloren.

———

Gebt mir meine Rosen wieder,
Die im Wandern mir entglitten.
Achtlos drüber weggeschritten,
Beug' ich mich jetzt suchend nieder.

Diese Rosen warf das Leben,
Als es noch das Kind beschenkte,
Über meiner Jage Schweben,
Die ein hohes Hoffen lenkte.

Und ich kann sie nimmer finden:
Andre haben sie zertreten.
Aus den wind- und zeitverwehten
Kann ich keinen Kranz mir winden.

Weinen.

inem Zug von sieben schwarzen Kähnen
Folgt' ich mit verhängtem Träumerblick,
.nd dem Flug von sieben schwarzen Schwänen
Zeugt' ich knechtisch-müde das Genick.

In die Sehnsucht meiner schlummerlosen,
Vor dem Siegerlicht des Tages bangen
Nächte schlichen sieben schwarze Schlangen,
Wanden sich um sieben welke Rosen.

Plötzlich aber hört' ich meine scheue,
Längstverstummte Kinderseele weinen:
Leise klangen unter ihren reinen
Thränen alle Saiten meiner Reue.

An ein Mädchen.

Gib dich nicht mit deinem Lächeln den Vielen,
Laß das laute, das Mit-den-Augen-Spielen!
Leg deine lieben Blicke auf meiner Hände
                                        Schwielen,
Die vom Ringen und Sehnen so blaß sind,
Und auf meine flehenden Augen, die vom Wachen
                              im Monde naß sind!
O, wie deine Freundlichkeiten mir nach dem Herzen
                                        zielen,
In dem noch so viele blutige Narben vom Haß
                                        sind!

An der englischen Küste.

———

Ich lag auf blanken Steinen.
Die Sonne glühte im Scheiden . . .
Wer von uns beiden
Wird heute weinen?

Ich lag und träumte hinüber.
Fernhin glitt ein Nachen . . . .
Ich hörte dein Lachen
Übers Meer herüber.

Dank.

———

Ich schlug mich durch Dornen, ich rang mit Riesen,
Ich habe mir Hände und Herz zerrissen.
Mein treuer Schild, mein blankes Gewissen,
Und mein Schwert, der Stolz, viel Scharten
                                 wiesen.

Und als ich vor der Prinzessin stand
Und atemholend den Dank begehrte,
Da hob sie verschlafen die unversehrte,
Die mir zum Siege gewinkt, die Hand.

Und rieb sich die Augen, die blumengleichen,
Und streckte zögernd den feinen Leib.
Und ich wandte mich von dem lächelnden Weib,
Und mir brannte im Herzen das Sklavenzeichen.

Ade!

Fahr hin, du märchenschöner Traum vom Glück!
Das ist das Ende vom Lieben.
Hohnlachend stolpert mein Einst zurück
Und ist so häßlich geblieben.

Mir will sich ein Schrei entringen
Hinauf in die schweigende Nacht.
Der ist aus meinem Singen
Wie ein Blutstrahl jäh erwacht.

Erwachen.

In einem Garten war ich eingeschlafen,
Ein blondes Kind hielt meinen Traum im Arm.
Der Frühling duftete, mein Herz war warm.
Mit müden Segeln lag mein Boot im Hafen.

Da plötzlich in den Traum drang Windeswüten,
Am Ankertau riß ungestüm das Schiff.
Ich fuhr empor: in leere Lüfte griff
Mein Sehnen, dem vom Schlaf die Wangen
                       glühten.

Wozu?

Was nützt das stille Verständigsein!
Sieht dir doch keiner ins Herz hinein.
Die Leute wollen die Worte.

Und willst du nicht nackt vor ihnen stehn,
Mußt du nach hüllenden Lügen sehn
Und den Schlüssel wahren zur Pforte.

Traurige Mär.

Ich gab mein Herz einem blonden Kind.
Sie nahm's und lachte.
Ich wußte nicht, wie die Kinder sind,
Ich freute mich und dachte:
„Nun legt sie's zärtlich in den Schrein
Und wird es wahren."
Sie aber warf's in den Tag hinein.
Der Stundenwagen fuhr polternd drein:
Da ward es überfahren.

Der Abschied.

———

Wie hab' ich sehnlich meinen Blick entsendet,
Ob ich die Kleine nicht noch einmal schaute,
Zu ihr geeilt, vernähm' geliebte Laute,
Bis ich zum Abschied zögernd mich gewendet!

Ich wußt' sie nahe, doch die Frist geendet,
Auf deren Zagen ich mein Hoffen baute,
Und auf mein Herz, dem vor der Ferne graute,
Preßt' ich beschwichtigende kalte Hände . . . .

Ich bin zurück, ich geh' die Wege wieder,
Auf denen ich in Liebe einst gegangen.
Es herbstet schon, der Regen rieselt nieder.

Mein Sehnen trieb mich heimwärts. Konnt ich
                                                    wissen,
Was ich zu fürchten kaum mich unterfangen,
Daß wenig Wochen mir mein Glück zerrissen?

Erwägung.

Ich denke nach, ob ich dich jemals kannte,
Ob mir dein Wesen klare Züge wies.
Ich weiß, daß dich mein Wünschen damals ließ,
Als ich an seiner hellsten Flamme brannte.

Heute.

Damals, als ich meiner Liebe wehrte
Mit den innerlich verneinten Gründen,
Als ich meine Knaben-Ziele ehrte,
Waren meine Worte noch nicht Sünden.

Heute aber weich' ich deiner Nähe
Angst- und schamgepeinigt aus und trage
Lieber einsam die erneute Frage,
Eh' ich deine andern Blicke sähe.

Elendigkeit.

Ich bin dem Leben ein armer Knecht.
Es hat mich niedergetreten.
Ich kann nicht glauben und beten.
Das Leben hat Recht!

Tritt zu und tritt mir die Seel' entzwei.
Den Kampf hab ich aufgegeben.
Meine Sehnsucht kann mich nicht heben:
Ihre Schwingen sind nicht mehr frei.

Ich war ein Dichter: Ich habe gehofft.
Das Glück ist eine Kanaille!
Ich kriegte sie nie um die Taille
Und sah sie doch so oft!

Der Narr.

Armer Narr deines bloßen
Herzens! Alle stoßen
Sie Schwerter des Rates hinein.
Nur nicht schrein!
Dankend dich neigen,
Schweigen,
Zu Pferde steigen
Und reiten, reiten in den Tag hinein!

In der Nacht.

In der Nacht erschrocken
Fuhr ich jäh empor:
Wie von fernen Glocken
Traf ein Ruf mein Ohr.

Wie aus Mondesgründen
Sehnend kam der Klang,
Daß vor seinem Künden
Mir die Kraft zersprang,

Daß von meinen Wangen
Heiße Thräne lief,
Daß ich in Verlangen
Nach dem Glücke rief.

Die Muſchel.

In der Muſchel ſchlummert ein Sang
Von Atlantis, der wunderbaren
Inſel, die einſt vor Jahren
Von den Harfentönen des Glückes klang.

Streif' ſie nicht achtlos im Gehen,
Hebe ſie ſcheu an dein Ohr:
Was deine Jugend an ſüßen Wünſchen verlor,
Hörſt du klagen aus ihrem Wehen.

(Bexhill=on=Sea, Auguſt 1897.)

Damals.

Damals, als ich dich liebte, weißt du noch,
Wie süß dein Haar mir und dein Atem roch
Und wie die Finger deiner Hände bebten?

Ich weiß nicht mehr, ob deine Augen blau.
Sie waren's damals, kleine blonde Frau,
Als sie im Glanze meiner Liebe lebten.

Die junge Sehnsucht.

O junge Sehnsucht, die sich einen Heerzug träumt
Und einen kampfbereiten Kiel, an den die Meer=
flut schäumt,
Der ungeduldig an der Kette zerrend sich im
Hafen wiegt,
Und einen Mast, an den sich eine Scharlachflagge
schmiegt!
O junge Sehnsucht, die der Gott des Traums
befruchtet,
Wenn über Wald und Wegen schwer die dunkle
Wolke wuchtet,
O Sehnsucht, die in Qualen sich auf lichtgemiednem
Lager windet, —
Einst kommt der Tag, der dich verhungert und
verdurstet findet!

Resignation.

Ich weiß es längst: ich werde nie erreichen,
Was meine wünsche-kranke Sehnsucht will.
Wie ein Besiegter, mit erregung-bleichen,
Gehöhlten Wangen, werde ich mich schleichen
Vom Festesjubel, leise, scheu und still.

Die Götterbilder rächend zu zerschlagen,
Wird mir ein Knabenhaß im Herzen laut
Die Stimme heben. Angstverhüllten Fragen
Wird meine Seele weinend Antwort sagen,
Vor deren Wissen ihr seit je gegraut.

Hasen-Hetze.
(Ein trauriges Hohn=Lied.)

Ritt einer mit allen Hunden aus.
War ein Geheul vor Thor und Haus,
Als ging's um die Welt zu ringen.

Hetzte mit „Ho!" einen Hasen todt,
Ließ ihn bei sinkendem Abendrot
Vom Troß in die Küche bringen.

Am Strande.

Zürnend rauscht das Meer mir in mein Sinnen.
Brandend, brausend kehrt die Flut zurück.
Wie die Wünsche rasen, um das Glück,
Das enteilende, sich zu gewinnen,

Toben laute Wogen an den Strand,
Stürzen sich auf die gezackten Klippen,
Wüten an des Ufers harten Rippen —
Und versiegen im zerweichten Sand . .

(Bexhill= on= Sea, August 1897.)

Verzweiflung.

Meine Tage stehn vor mir in langen
Grauen Reihen, müde und gebleicht.
Und ich sehe, wie mit bebend=bangen
Fragen meine Sehnsucht um sie streicht.

Meine Sehnsucht hat verweinte blaue
Kinderaugen, langes blondes Haar.
Und mit grausam stummer Neugier schaue
Ich sie an und die ergebne Schar.

Meine Sehnsucht hat so kranke Hände,
Schmale Finger faltet ihr Gebet.
Große Sonne, helle Sommersonne, sende
Licht und Lösung, eh' es noch zu spät!

Stolz.

Gib dich nicht der Menge!
Halt dein Herz und schweig!
Auf die Höhen steig
Still aus dem Gedränge.

Deine Wünsche laß
Zu der Sonne fliegen.
Nicht mit mildem Wiegen
Schläfre deinen Haß.

Mag um deinen Mund
Auch der Schmerz sich betten,
Pressen Tagesketten
Deine Knöchel wund,

Laß dir nicht entreißen
Deinen stolzen Hohn,
Wenn sie deinen Thron
Auch mit Neid beschmeißen.

Aus dem Volk der Stunden
Hebe deinen Schatz:
Einsam bleibt der Platz,
Wo du ihn gefunden.

Und wenn dir der Tag
In die Ruh will treten,
Hoffe nichts vom Beten,
Helfen muß der Schlag.

Will sich dir das Glück
Bräutlich nicht gesellen,
Kehrt im silberhellen
Mond kein Traum zurück,

Schränke deine Arme
Über deinem Leid,
Winke dir den Streit,
Daß dein Blut erwarme.

Halte deinen Schild
Über deinen Glauben,
Laß ihn dir nicht rauben,
Wenn es Kämpfe gilt.

In die Welt der Lügen
Wirf dein lautes Nein!
Die am ärgsten schrein,
Werden bald sich fügen.

Doch wenn du allein
Und die Thür verriegelt,
Mag dein Herz entsiegelt
Weinen seine Pein.

An die Träume.

Träume, goldene Träume,
Senkt euch leise und weilt —
Laßt mich die purpurnen Säume
Küssen, eh ihr enteilt!

Schmückte sie nicht vor Zeiten
Euch meine Phantasie
Mit den immer bereiten
Farben der Poesie?

Seid ihr dieselben geblieben,
Bleiche flüchtige Schar?
Süß wie Lenzblütenstieben
Duftet noch euer Haar.

Grenzt die einst lächelnden Lippen
Scharf auch ein häßlicher Schnitt,
Sei's über zackichte Klippen,
Träume, nehmt mich noch mit!

Nach Verlaine.

Laß mich mein Lied den großen Augen weihen,
In denen Gnade ist und Trost und Güte
Und sanfte Träume schweben wie verblühte
Lenzknospenblätter durch die Lüfte schneien.

Kann keiner mich von meinem Alp befreien,
Der hinter meinem Schritt sich bissig mühte,
An meinem Schatten hing wie giererglühte
Wolfsaugen hinter flücht'ger Beute schreien?

Und keine Ruhe gönnt mir seine Rache!
O, sieh mich in der Tiefe meiner Leiden
Blutüberströmt und hilfewimmernd liegen!

Ach, deine Sorgen sind wie Schwalbenfliegen,
Wenn sie den blauen Himmel flink durchschneiden
Hoch überm sonnenroten Kirchendache.

Du und ich.

Ich weiß es längst: du bist ein wunderliches
                                    Märchen,
Aus Mondschein-Duft und Silberthau und Schnee,
Und deine Augen sind ein Nixenpärchen,
Dein Mund ist wie der Tanz der Gnomen um
                                    die Fee.

Ich bin ein Irrlicht auf den tiefen Mooren
Der sumpfkrautgleißenden Alltäglichkeit.
Ich hab' den Pfad im tiefen Wald verloren
Und leucht' nur noch aus lauter Traurigkeit.

Nur diese Nacht.

Heute Nacht war ich frei.
Du gingst in Zagen,
Giengst mir vorbei
Ich hab's ertragen.

Ich sah dir nach
Und hielt mein Fragen,
Bis es zerbrach
An deinem Zagen.

Und diese Nacht
Hab ich getragen
Die Königstracht
Aus frühern Tagen.

Lanzenstechen.

Kämpfe nicht mehr, senke die Lanze!
Jeder Schranze
Lacht über dich.
Sprich:
„Ritter, ich neige mich,
Eiserner Ritter Tod!
Sieh, meine Lippe war rot,
Als sie dich rief zum Streite. —
Da du ohne Geleite
In die Schranken gekommen,
Hast du ihr Farbe und Mut genommen."

Intermezzo.

Sursum!

Les dieux eux-mêmes meurent,
Mais les vers souverains
Demeurent
Plus fort que les airains.

Théophile Gautier.

Sursum.

Ich werde wieder heller, höher werden,
Wenn mich die Trübe dieser Wünsche läßt.
Schon salbt die Seele sich zum Frühlingsfest,
Schon prüf' ich meine herrschenden Gebärden.

Noch bin ich meiner neuen Würde nicht
Ganz kundig und der Grenzen meiner Kräfte.
Doch steigen in den Adern junge Säfte,
Schon rundet sich mein Leben zum Gedicht.

Spruch.

———

Sich dem höhern Walten neigen,
Andern seine Farben zeigen,
Aufrecht mit geradem Rücken.
Ziele sich in Fernen setzen,
Lächeln über Warner-Schwätzen,
Mag's mißlingen, mag es glücken!
Und bewahr mir Gott das Hoffen!
Halt mein Herz und Augen offen!

Fragen der Liebe.

Darf ich dir von meinem Leben sagen,
Und wie es ohne dich leer ist?
Darf ich dir von meinen Wünschen klagen,
Und wie ihre selige Last schwer ist?

Darf ich dir von meinen Liedern sprechen,
Und wie sie dich suchen und rufen?
Darf ich von meiner Liebe eine Rose brechen
Und sie schweigend legen vor deines Thrones
                                        Stufen?

Frau Minne.
(Vertraute Töne).

I.
(Der Vasall.)

König Frühling war mein Lehnsherr,
Ich sein freiester Vasall.
Aus der Harfe meines Herzens
Haucht sein Blütenwiederhall.

Und zum Hofe der Prinzessin
Zog ich liederschmuckbekränzt,
Und sie hat den goldnen Becher
Freundlich-lächelnd mir kredenzt.

Schönste, lieblichste Prinzessin,
Ich vergaß mein Lehn und Land.
Land und Lehen, Schwert und Wappen
Nehm' ich nur aus deiner Hand.

— 52 —

II.

(Ritterwerden.)

Ich hab ein Lehen und ein Wappen
Und einen Glauben und ein Schwert.
Einst lag auch ich im Wams des Knappen
Vorm Hochaltar gebetverzehrt.

Da klangen alle Ahnenschilde
Von einem frühlingstarken Wind:
Sie grüßten ihr geweihtes Kind.
Und ich erhob mich reif und milde.

Und gürtete die Hüfte mir
Mit dem Gehenke meiner Väter.
Schon rief den Morgen der Trompeter,
Und mahnend klang mir Roßgewiehr.

III.

(Pagen- und Ritterthum.)

Damals hätt' ich's nicht ertragen,
Daß ich warten, warten müßte.
Schwarz=verhängt stand aufgeschlagen
Meiner Hoffnung Blutgerüste.

Und ich beugte meinen Nacken
Unters Richtbeil meiner Jahre,
Schnitt mir sieben Kronenzacken
In die Armesünderhaare.

Heute aber darf zu Pferde
Ich vor deinen Söller reiten:
Mein ist himmelweit die Erde,
Denn ich kann mein Loos bereiten.

Und die Schärfe meiner Klinge
Leg' ich leise dir zu Füßen.
Bin kein Page mehr, ich singe
Ritterlieder meiner Süßen.

Zögre nicht, mir vom Balkone
Deine Hand zum Gruß zu reichen!
Deine Farben, deine Krone
Trag ich hoch als Herrenzeichen.

Dich im Wappen, werd' ich siegen.
Wag es, dich mir zu vertrauen!
Meine stolzen Wünsche fliegen,
Dir ums Haupt, Juwel der Frauen.

IV.

In deine kleinen Hände
Hab' ich mein Glück vertraut.
O komm, du Sonnenwende,
Die ich im Traum geschaut!

Ich kann es nicht erwarten
Und fürchte doch das Wort.
Treibt's mich auf kieselharten
Pfaden ins Öde fort?

Wird's mir die Thür erschließen
Zu meiner Seligkeit?
Wird's Blumen lassen sprießen
Im großen Beet der Zeit? —

Doch willst du mir's verraten,
Daß ich ein König bin,
Dann schenk mir bald die Staaten,
Du kleine Königin! —

Der von der Halde.

(Ein Zwiegespräch zwischen Fremden.)

Der Herzog:

Wegelagernd ziehst du die Straße, überfällst, ein
Schrecken der Pilger
Und des Handelsvolkes, mit deinem Schwerte
drohend
Friedfertige Menschen, die umsonst dich um Gnade
anflehn.

Der von der Halde:

Herzog, ich würde Hungers sterben und bin des
Lebens noch freudig.

Herzog:

Stehst du einsam, ein ästeberaubter Stamm,
Nur auf dein Schwert gestützt und ohne irgend
Genossen?

Der von der Halde:

Das alte Nest der Väter ist zerfallen, die Eule
haust
Und wüstes Unkraut in den Fensterhöhlen,
Die Angeln brachen unterm scharfen Rost,

Die Decke morschte über meinem Haupt und
unter meinem Schritt der Boden,
Nachts sehn die Sterne flimmernd mir aufs Lager.

Herzog:

So tritt in mein Gefolge, trage mein Wappen
am Waffenkleid.
Mit meiner herzoglichen Gunst begnad' ich dich,
Da mir dein fester Blick gefällt und deiner Glieder
Stärke.

Der von der Halde:

Verzeih mir, Herr: ich mag in dein Gefolge
Nicht gerne treten, da ich Freiheit bin gewohnt
Und mir mein Roß auf trägem Lagerstroh verdirbt.

— — — — — — — — — — — — —

Herzog:

Ich höre dich als einen Sänger nennen.
Reden die Leute wahr, die einen Liederkünder dich
Und einen Märensager mit Befremden und mit
Staunen preisen?

Der von der Halde:

Mir fällt von ungenützter Zunge, da ich keinen
Freund
Und keine Frau mit Reden müßig plage,

Im freien Felde oft ein Trutz= und Freudelied.
Das wollen, komm ich dann zu Hof und Haus,
Wo mir Bekannte wohnen, die ich wechselnd sehe,
Die Leute hören, und ich muß es ihnen sagen
Vom Stegreif, meine Hand an meiner Wehr,
Dieweil sie mir den Trunk zum Weiterreiten
                                            rüsten.

Herzog:

Wer ist dein Meister, und wer heißt dich singen?

Der von der Halde:

Ich kannte keinen Meister je, und niemand heißt
                                            mich singen.
In meinem Busen will die Lust des Sommers,
Die goldne Sonne und die grüne Aue
Zur Ruh nicht kommen, darum sing ich sie.
Mein Roß geht langsam, seine Zügel hängen,
Die Beine spreiz' ich träg und glücklich aus,
Und aus mir geht der Sommer in die Töne.

Herzog:
Sag mir ein Lied. Ich will dir eine Gunst
                                            versprechen.

Der von der Halde:
Ein Lied? . . . Herr, welches mögt ihr hören?

Vom Kämpfer, dem der Schild zu schwer ge=
worden,
Vom Knaben, der an seine Herrin sinnt,
Vom Wald im Maien, von dem Thau der stillen
Sommernächte?

Herzog:
Sag mir ein Lied von deiner Lust zu singen!
Der von der Halde:
Von meiner Lust zu singen? — — — — —
— — — — — — — — — —

Meine Lust zu singen ist übergroß.
Ich reite, reite.
Da reißen sich mir die Worte los
Und flattern ins Weite.

Der Wald mit Wipfelkronen rauscht,
Mein Herz wird lauter.
Der Vogel schwingt sich hoch oben und lauscht,
Wie mit Lächeln schaut er.

Blitzt auf dem Helme Sonnengold,
Auf Schild und Wappen,
Fühl ich mein Blut, wie's schneller rollt
Als einst dem Knappen.

Meine Lust zu singen ist übergroß.
Ich reite, reite.

Da reißen sich mir die Sorgen los
Und flattern ins Weite.

Herzog:

Dein Lied ist frisch wie der Thautropfen am
Grashalm,
Wenn im Frühduft die Wiese träumt.
Sag um eine Gnade.

Der von der Halde:

Ich wüßte nichts zu wünschen als eines: Laß
mich ziehn!
Nur, wenn um mich die Wälder und Dörfer fliehn,
Wenn mir das freie Gewaffen an freier Seite
klirrt,
Wenn über meinem Haupte wegweisendes Flattern
schwirrt,
Kann ich die Lieder sagen, die mich glücklich und
jung erhalten.
Mir würde dein Dienst und die Trägheit so Herz
als Sinn zerspalten.

Herzog:

So reite hin und grüß mir die Weite! — —
Und deiner denken will ich wie eines, der mich
besiegte. —

Rhapsodie.

Ich denke dein, wenn in der Nacht der Träume
Ein Blitz mir meiner Hoffnung Häfen hellt.
Ich denke dein, wenn durch die Himmelsräume
Der fernste Stern vor meinen Fragen fällt.

Ich denke dein, wenn hell im Thau der Thränen
Die Scharlachrose meiner Liebe steht.
Ich denke dein, wenn durch mein stummes Sehnen
Der Blütenatem deiner Nähe weht.

Ich denke dein, wenn mir vorm Leben schaudert,
Vor seiner Einsamkeiten Winterpein.
Zum Glück empor, das mit den Strahlen zaudert,
Ring' ich die Hände: Wär' sie endlich mein!

O wärst du mein, ich wollte dich nur schmücken
Mit meiner Dichtung königlichem Kleid
Und um dein Haar den Reif des Sieges drücken:
Du wärst mein Glaube an Unsterblichkeit.

Ich wollte dich aus diesen Tagen heben.
In goldne Zügel knirrscht mein Zauberroß,
Sein Huf erklingt und seine Flügel beben:
Mein sind die Gärten des Okeanos!

Erwacht.

Der Traum, aus dem ein Schauer mich erweckte,
War lieblich wie des Frühlings leiser Schritt,
Wenn er behutsam durch die Blumen tritt,
Die schon sein Duft wie ein Verliebter neckte.

Der Traum ist aus. Die Luft ist rein und hell,
Und meine Kraft reckt sich ins Überbeben.
Es rieselt wieder meiner Tage Quell,
Und mich umarmt die hohe Braut, das Leben.

Zeilen.

I.

Schaff mir meine Wege heller,
Schaff sie höher, größer, breiter!
Ich muß schwingenregend weiter.
Rast verdirbt. Ich war einst schneller.

II.

(Jugend.)

Mit Fragen und Wünschen zu ringen, schien mir
bedeutend.
Ich schritt durch die Glockenstube der Möglichkeiten.
An allen Strängen zog ich, die Probe läutend,
Und starrte durch Thurmesscharten in blauende
Weiten.

Rat.

Zeig' deine Thränen keinem andern!
Du weißt nicht, wie böse die Menschen sind.
Auch ich, mein Kind,
Laß' leis ins Herz sie wandern.

Wenn dir die Seele bluten mag,
Horch still dem Tropfenfallen.
Den andern allen
Sag' lächelnd: „Guten Tag."

Wer dir vom Tod einen Gruß gebracht,
Dem beug' dich tief und sage:
„Alles, was ich trage,
Ist Sein. Er hat die Macht."

Und straff dein Knie, wenn es dir schwankt,
Steh stolz und schweige!
Nur wen du liebst, dem neige
Dein Haupt, dem nicht im Sturm gebangt.

Wandern und Rasten.

———

Ich wollte durch sonnenduftende Weiten,
Das Haar bekränzt wie ein Sieger schreiten,
Die Finger an den träumenden Saiten
In einem zärtlichen Andachtgleiten.

Und auf den Höhen wollte ich rasten,
Prüfend nach meinen Sandalen tasten
Und lächelnd über der Menschen Hasten
Von der Seele schütteln die Wanderlasten.

Wagenrennen.

Deine Rosse dir zu lenken,
Wähle keinen Zügelführer!
Wag' es, dir ein Ziel zu denken.
Hör' nicht auf die Zweifelschürer.

Stehst im scharfen Windeswehen
Trotzig hinter deinen Pferden,
Hebst dich manchmal auf den Zehen:
Wird die Bahn bald freier werden?

Kann dich mit Erobererhufen
Dein Gespann zum Sieg nicht tragen,
Soll es an den goldnen Stufen
Stürzend seinen Herrn erschlagen!

Der Hornruf.

Reich' mir das Horn. Dein Atem geht bang:
Sie würden dein Zittern hören.
Und ich will sie zur Größe empören,
Zu einem grenzentrotzigen Siegerdrang.

Reich' mir das Horn. Ich will meine Qual,
Meine Sehnsucht und meine Rache,
Meines Hohnes schluchzende Lache
Und meinen Stolz eratmend schrein einmal.

Die Menschen sind gar so feig und klein,
Müd schleichen sie unter Bürden.
Ich bringe sie wieder zu Würden,
Und müßte der gellende Ruf mein Sterben sein!

Geleitspruch dem Knappen.

Halt dein Herz mit reinen Händen!
Laß dir vom bewußten Willen
Nicht mit Drohen, nicht im Stillen
Je ein Splitterchen entwenden!

Zag nicht vor dem Pfadbetreten,
Der ins Ungewisse dunkelt.
Sonne dir am Helme funkelt.
Überm Schwertknauf lerne beten!

Bogenspannen.

Das Warten hat alle Dränge gespannt:
Mein Blut ist aufgestanden.
Meine Wünsche hoben, ein lobernder Brand
Sich aus versengten Banden.

Die Sehne meines Bogens erklirrt
Vor überstrafftem Hoffen.
Wenn, lachendes Glück, der Pfeil ihr entschwirrt,
Dann bist du ins Herz getroffen!

Der Tod.

Da kam der Tod, ein nackter zügeharter Reiter.
Auf einer Scharlachdecke saß er königlich.
Und wie er lässig-schmeichelnd über die seidene
                               Mähne strich,
Sah er mich an und fragte ohne Hohn und wie
      ein Siegbewußter, Zweifelunverfehrter heiter:
„Schickst du mich wieder, feiger Knab', davon?
„Haft du den Frühling wieder atmen hören
„Im grünen Lindenlaub, sahst du den Schmetter-
                               lingen
„Ein trunkner Sänger zärtlich wieder zu?
„Warfst alle Raftgedanken fort, zertratst den
                               Drang nach Ruh',
„Ließeft dich fesseln von den hundertmal beftaunten
                               Dingen,
„Willft wieder hoffen, weinen und dein Herz
                               empören?“

Ich stand gesenkten Haupts mit gramverschlungnen
                               Händen.
Nicht aufzurichten wagte sich beschämt der Blick.
„Noch ist mein Nacken jung, noch trägt er sein
                               Geschick,

„Noch zuckt mir meine Brust nach neuen Streichen,
„Noch will mein Aug' sich nicht von diesen Rosen
                                    wenden,
„Noch schauert's mich wie Andacht unter diesen
                                    Eichen.
„Noch hab' ich Blut, es in verfehlten Streit zu
                                    wagen,
„Noch hat mein Glauben an die Lieb' nicht
                                    ausgerungen,
„Und ungeborne Töne halten meine Seel' um-
                                    schlungen,
„Die meiner goldnen Leier einst entrauschen
                                    werden.
„Gib deinem Roß die Sporen. Laß das un-
                                    barmherzige Fragen.
„Noch schöpf' ich Lust aus meinen
                                    leidenden Gebärden!"
Bedauern war, kein schnöder zukunftsichrer Hohn
In seinem gütig-milden Blick. Er wandte sich
                                    und ritt davon.

Können.

Gebt mir ein Königreich, es zu zerstören!
Die Stunden sinken traurig in den Sand.
Gebt einen Wahn mir: ich will ihm gehören,
Ihm dankbar folgen, nackt wie er mich fand.

Der Zeit möcht' ich ins Runzelantlitz speien.
Und Flügel möcht' ich haben, starke Schwingen.
Ins Leben möcht' ich meinen Willen schreien
Und einmal meine großen Lieder singen!

Warnung.

Willst du zu den Menschen treten,
Gürte dich mit blankem Hohn!
Achselzucken war ihr Lohn
Für dein Ringen, für dein Beten.

Halte unter wachen Lidern
Pfeile deines Zorns bereit!
Hüte sorglich dir dein Leid,
Daß mit Trost sie's nicht erniedern.

Gebet.

Laß mich unzufrieden bleiben,
Nicht mich in die Tage schicken!
Laß mich nach den Höhen blicken
Und mit Trotz in Marmor schreiben.

Laß mich meinen Hohn bewahren!
Halt mir grade meinen Rücken!
Muß ich mich zum Scheine bücken,
Sei's bewußt und welterfahren.

Was in mir an Trieb und Drängen,
Laß erstarken, laß es wachsen.
Laß mich meines Willens Achsen
Fordernd in die Dinge zwängen!

Und bewahr' mir, Gott, das Schauern
Vor den unbegriffnen Mächten,
Vor den Schätzen, die in Schächten
Wie in Angst vor Pöbel kauern!

Herkunft.

Sage mir einer, von wem ich stamme!
Meine Scheite lodern in eigener Flamme,
Aus meinem Forst sind die Stämme geschlagen,
Mein Boden hat seine Bäume getragen.
Und ich weise jeden von meinen Grenzen,
Käm' er als Gaukler mit Sprüngen und Tänzen
Oder als herrischer Hammerschwinger
Oder als salböltriefender Ringer.
Ich hab' an den Stämmen mein Eignerzeichen,
Sie falln unter meiner Tage Streichen.
Und wenn sie mich einmal im Sturz erschlagen:
Die Nachbarn im Geist werden nach mir fragen.
Zu ihnen bahnt' ich gehsame Wege,
Über schäumende Flüsse schlug ich Stege,
Und im Königsschmuck meiner Dichterbürde
Neigt' ich mich ehrend der älteren Würde.

Wieder im Pontus.

> . . . on a cheek
> The life can burn in blood even while
> the heart may break.
>
> P. B. Shelley.

Mors crudelis.

An seinem weißen Mantel hielt ich ihn,
Und meine Augen riefen flehend: „Bleib!
Mit deinem kühlen Herrscherfinger schreib',
Mir auf die hoffnung=müde Stirn »Verziehn«!"

Er aber wandte sich und stieß mich hart,
Und finster war der Augen blaue Nacht:
„Du hast in Sehnsucht mich herangewacht.
Zurück ins Leben! Wein', verstumm' und wart'!"

Die Linden verblühten....

Die Linden verblühten, und die Rosen
Sind leise duftend verstummt.
Nun kommt vermummt
Die Sorge mit ihrem zahnlosen
Breiten Altweibermaul.

Der Wind ist über die Mauer gestiegen,
Kriecht raschelnd unter dem Laub.
Das Glück ist taub.
Eine Kapuzze über die Ohren gezogen
Höhnt es mich gebensfaul.

Symbolon.

Ich habe mich versöhnt mit meinem Traum.
Ich hab' mein Haupt geneigt und bin verstummt.
Die Nacht stand hinterm Berge wie vermummt.
Es ging wie Fieberschütteln durch den alten Baum.

Und leise rieselte ein Blatt herab
Und zögerte und fiel und hing und bebte,
Wie wenn es furchtsam=treu im Gestern lebte.
Da kam ein Hauch und brach sein Zagen ab.

Der Feind.

(Nach Charles Baudelaire.)

Nur manchmal riß die rote Sonne Scharten
Ins Wetterdunkel meiner Jugendzeiten.
Die Blitze töteten im Donnergleiten
Fast alle Frucht in meinem Sommergarten.

Da kam der Herbst und brachte stille Lüfte,
Und nach dem Rechen greif' ich und dem Spaten:
Zu ebnen gilts, was Sturm und Regen thaten.
Denn Löcher starren wie gehöhlte Grüfte.

Jedoch wer weiß, ob meinem harten Mühen
Auf diesem kahlen Grunde Blumen blühen,
Ob nicht ihr Keim auf ewig eingesargt.

Die harte Zeit verzehrt die Lebenskräfte,
Und unser Herz gibt seine besten Säfte
Dem finstern Feinde, der an uns erstarkt.

(Aus „Spleen et Idéal.)"

Die gesprungene Glocke.
(Nach Charles Baudelaire.)

———

Am Feuer sitzend in den Winternächten,
Wenns im Kamine zuckt und sprüht und kracht,
Wenn fern im Nebel Glockenklänge sacht
Erinnerungen in die Träume flechten,

Wehmütig muß ich da der Glocke lauschen,
Die glücklich=rege ihren Sang erhebt,
Wenn auch die Zeit ein dickes Staubnetz webt
Um ihren Kelch, aus dem Gebete rauschen.

O alte Glocke, meine arme Seele
Zersprang schon längst. Und wenn die Sehnsucht
                            sich
Ausweinen will, von Niemandem verhöhnt,

Röchelt sie nur. Dem Krieger gleiche ich,
Der einsam sterbend aus der wunden Kehle,
Umhäuft von Toten, nach der Heimat stöhnt.

Die Ratgeber.

———

Und alle Kraft zu wünschen nahmen Sie:
Mit ihren alltagmüden Stimmen kamen Sie
Und rieten, rieten, und ihr Rat war Mord.

— — — — — — — — —

Sie nahmen allen Flügelschmelz von meinem
Wesen fort.

Und als ich mit gesenktem Blicke stand,
Nahm mich die Hoffnung nicht mehr an der
Hand.

Sie flog ja längst in das andre Land
Jenseits der Zeit,
Zu dem ich einst in meinen Träumen die Wege
fand.
O, das ist weit!

Knabe und Herrin.
(Gegenreden in der Dämmerung.)

—

Der Knabe.

Lange sehnt' ich die glückliche Stunde herbei,
Die mir vom harrenden Herzen die Fesseln löste,
Die meinen bebenden Worten gestattete, laut zu
sein.

Die Frau.

Sprich mir von deiner Kunst, die mich selig er=
staunen macht,
Die meine trägen Gedanken ins Blaue trägt,
Wo die kommenden Winde sind und die flatternden
Lerchen.
Wenn du mit schlankem Finger zärtlich die Laute
rührst,
Wenn dein erblassender Mund jene traurigen
Weisen sagt,
Bin ich die Frau nicht mehr, die gereift vor dem
Herbste bangt,

Bin ich das Mädchen von einst, das mit ahnendem
scheuem Schritt
Still und errötend durchs Summen der Wiesen
ging
Und unterm rauschenden Waldbach vor seinen
Wünschen erschrak.

Der Knabe.

(Er hat das Kinn in die Hand gestützt und sieht traurig
zu ihr auf, zu deren Füßen er sitzt.)

Nicht von der Kunst der Saiten und meines
Gesanges
Wollte ich reden. Ihr macht mich immer so
traurig.

Die Frau.

(Sie streicht ihm leise das blonde weiche Haar aus der
Stirne.)

Mach ich dich traurig? Warum? Bemüh' ich mich
doch um dich,
Bin ich die erste doch stets, der all deine Lieder
ertönen,
Der sich dein sehnendes Herz innig und trauend
erschließt.

Der Knabe.

Nimmer noch habt ihr mein Herz, das zitternde,
wärmend gehalten,

Wie ihr den Vogel einst hieltet, den nestentfallnen,
      verwaisten.
Eure kühle Hand auf meinem Scheitel betrübt
      mich.

Die Frau.

(Sie hat die Arme über den Knien herabhängend und
sitzt vorgebeugt wie besorgt.)

Fehlt dir die Sorge, die mütterliche, die fragende?

Der Knabe.

Ob mir die Mutter auch fehlt in Stunden herben
      Alleinseins,
Nicht von der Mutter zu reden, erhob ich die
      flehende Stimme.
O ihr verschmäht meine Liebe, verweiset mich
      lächelnd und ruhig.
Nie in Euere Nächte noch drang wie ein Rufen
      mein Dasein!

Die Frau.

Also liebst du mich und verdenkst mir den Zweifel
      der Ältern?
Kind, eine Jungfrau erwähle, die gleich dir noch
      errötet und zittert.

Der Knabe.

Sagt zur Eiche: wende doch deinen Schatten,

Wenn sie der Sonne gehorcht, die mächtiger ist
und gebietet!

Die Frau.

Du verzeihst. Mir scheint es so unausdenkbar,
Daß du mich lieben solltest, die nicht mehr zum
Tanze ins Grün läuft,
Die mit verwelkender Stirn die Jahre der Ehe
berechnet,
Der die Tochter im Haus weilt, — die längst
der Gatte erschöpft hat.

Der Knabe.

Denkst du doch selber nicht so, wie du mit Worten
auch künstelst.
Herrliche Frau, deren Atem mir Sinn und Sagen
gelähmt hat,
Deren Gestalt, erblick ich sie fern, mich verstört
und ängstigt,
Meine Hände erblassen, meine Knice zittern und
schwach macht,
Deren Gruß mich durchfährt, wie der Pfeil aus
zielender Armbrust,
Die meine Nächte verdirbt mit herzverwirrenden
Wünschen!

Sag mir, Musik meines armen in Sehnen ver=
zehrten Lebens,
Sag mir endlich, ob du mich erhörst und
begnadest.

Die Frau.

Ich will dir deine raschen Worte nicht verweisen,
Das Knie dir nicht entziehn, an das du gern
dich lehnest,
Doch müßt' ich's, würdest du nicht anders
werden.
Denk, gutes schönes Kind, an mich in Freude.
— Ich danke deiner Freude: sie verjüngt mich —
Doch fordre nicht, daß ich in Liebe dir
Mich mit den nicht mehr unberührten Lippen
nahe,
An deinen schmalen Körper meinen milden bette,
Der schamhaft deinen Siegen sich entwände.

Der Knabe.

Du sprichst von Müdigkeit, der ich durch weite
Auen
Auf meinem Pferde kaum zu folgen dachte,
Die hellen Augs, den Reiher auf dem Handschuh,
Zur Beize ritt und kaum den Sattel ließ,
Wenn hoch der Mittag und die Sonne glühte?

Die Frau.

Es ziemt mir nicht, dich anders zu betrachten,
Als wie ich dich an Festen pfleg' zu schauen,
Da du behutsam über breite Stufen
Die Schleppe mir der Schreitenden emporträgst.
Und daß ich gerne deine Lieder höre,
Dich frohen Blickes prüfend, wie du schöner
Und höher wirst im Feuer deiner Stimmung,
Dünkt mich nicht ungemessen und zu rügen.
Ich könnte alle Frauen sorglos fragen.

Der Knabe.

Du ahnst es nicht, wie deine Worte strafen.

Die Frau.

Ich will nicht strafen, um nicht zu verzeihen.

Der Knabe.

O laß dir meine stillen Qualen künden!
Der Abend war's, da dich der fremde Ritter,
Der Herr von Xanten, dem die rote Narbe
So männlich-mutig durch die Wange glüht,
Dessen herrisches und wie in Stolz verharrendes
                                        Schreiten
Rachegedanken an seiner Verwegenheit wach rief,
Mit seinen hämischen und wie sorglos lächelnden
                                        Worten

Pries und laut und scheulos um deine Farben
Dich, die Errötende, fast doch Erzürnte ansprach.

Die Frau.

Standest du hinter dem Stuhle? ich weiß dich mir
nimmer zugegen.

Der Knabe.

Wohl ich war's. Und höher und zorniger schwoll
mir
Die des Waffenkleides noch nicht gewürdigte Brust.
Hätt' ich den Dolch besessen, mit dem du einst
spielend mir drohtest
Damals in glücklichern Zeiten, da ich dir wirklich
ein Kind war,
Tief in das Herz ihm hätt' ich den scharfen
gestoßen.
Damals, Herrin, im Zorne, verstarb mir die
Kindheit,
Und in der Lohe der unehrerbietigen Worte
Wuchs mir dein Wesen zur Qual der entfesselten
Wünsche.
Wie ein Träumender war ich bisher und plötzlich
ganz wachend.
Seit dem Tage verzehrt sich in Angst und
bleichendem Sinnen

Mein ohnmächtiges Wollen — und heute hat es
gesprochen.

Die Frau (nach einer Pause).

Du sollst mir in den Kampf. Dem Herren will
ich sagen,
Daß er dir Wehr und Helm und eine Fährte
gibt,
Auf der dein Roß nach einem Gegner schreitet . .
Ich aber will an deinem Ehrentag
Dir in die Welt, in der du mich vergessen
Und rasch und andersjüchtig still begraben wirst,
Mit meinem Schleier ein Geleite winken —
Dann in die Kammer gehn und um die Jugend
weinen . . .

Die Behüterin.

Einmal späht' ich hinab in die Tiefe,
Mit stockendem Atem und bleich vor Qual.
Es war mir, als ob es mich mahnend riefe,
Und ich harrte in Angst auf das zweite Mal.

Ich hielt mich an trockenen Wurzeln der Stunden
Und horchte mit feigen Augen, und kaum
Sah ich die Hoffnung, die schwach von Wunden,
Mich zärtlich ergriffen am Mantelsaum.

Der Sieger.

Der Sieger starrt mit leerem Blick hinauf,
Wo Wolkenfetzen um die Sonne hängen.
Zerrissen von harten Waffengängen
Schleift ihm das Kleid — Er tritt darauf ...

Wo sind die Genossen, die mich trieben?
Wo sind die Kinder, die Blumen werfen?
Und die mir halfen die Waffen schärfen,
Wo sind sie mit ihrem Gruß geblieben?

Immer Dasselbe.

———

Kind mit Blüten, Kind mit Kelchen,
Steh nicht zögernd auf der Schwelle.
Sag mir den Gespielen: Welchen
Soll ich winkend dir gesellen? . . . .

Schüttelst traurig deine Locken?
Welke Blüten, schlaffe Kelche?! . . . .
Einst auch ist mein Herz erschrocken,
Als mich Fremde fragten: Welche? . . .

An die Nacht.

Komm, gütige Nacht, und hülle
In deinen Mantel mich!
Die offnen Augen fülle
Mit schwerem Schlafe! — Sprich

Ins Ohr mit Muttergüte
Die Worte tiefer Ruh',
Decke mit Blatt und Blüte
Des Traums mein Sehnen zu.

Laß mich die Pforten offen
Finden zu meinem Glück,
Gib mir mein Kinderhoffen —
Und Kraft zum Tag zurück!

Noch nicht.
(An ein Mädchen.)

Klare Fragen an die Mächte stellen,
Eint sich Deinem braunen Haare nicht.
Noch zu rund und rosig ist dein Angesicht,
Und es lächeln deines Mundes Wellen.

Aber Kind, wenn dir die bleiche Haut
Sich um qualgestreckte Finger schmiegt,
Wenn dein Blick, der Tänzer, müde liegt,
Wenn dir vor den stummen Nächten graut,

Dann ist deine Jugend weise worden:
Alles Herrschen hat sie abgethan.
Jede Stunde sieht dich drohend an,
Denn sie kann dein liebstes Heute morden.

Du.

Die Nacht mit hohen Sternen und kühlem Glücke
                                        kam.
Von meiner schwülen Stirne nahm
Sie alle Müh und jedes heiße Sorgen.
Gesänftigt harrte ich auf Morgen.
Mein Zorn verblich zur stillen Scham.

Da ging ein Rufen jäh durch meine Ruh.
Ich fühlte dich in Pein und Sehnen, du
Warst wieder da und nahmst mir alles Schlafen.
Und die Erinnerungen trafen
Mein Herz. Wie Blätter deckten sie es zu.

Die Dryade.

Ein Faun verlockte mich mit seiner Flöte.
Ich folgte seinem Tone durch die Nacht.
Da war mit einem Mal die Morgenröthe
Um Berg und Wald mir unbemerkt erwacht.

Ich stand am Flusse, sah dem Wellenwandern
Mit bangen, hocherhobnen Brüsten zu.
Da dacht' ich jenes schlanken bleichen andern.
Seit jenem Tage meidet mich die Ruh.

Ich hatte nie die große Macht verstanden,
Mit der er einst in meine Tage trat.
Nun liegt mein Sehnen in gestrafften Banden.
Ich gab ihm Alles, das umsonst er damals bat!

Das Glück.

Wenn ihr mich fragt, warum ich euch verstehe,
Warum ich gar so tief in eure kleinen Seelen
        sehe,
Verweis' ich traurig-lächelnd euch ans Glück.

Ich durfte seine guten Hände küssen.
Dann aber hat es über Land ins Weite gehen
        müssen
Und ließ mir nichts als ein Erinnern und ein
        Leid zurück.

Und immer freier wurde mir mein Schauen:
Ich hatte ja verlernt, zu hoffen und zu trauen!

Astarte.
(Eine Erinnerung).

—

Ein roter Mantel war um dich,
Und eine königliche Pracht
Ging von dir aus durch die dunkle Nacht.
Du aber sahst nur mich.

Ich stand mit meinen Wünschen allein.
Wie Schlangen umwanden sie mich.
Meine Seele haßte und höhnte dich.
So war ich dein. —

Augustnacht.

Ein Stern ist gefallen
Durch die schweigende Nacht.
Dann wieder die stumme Pracht
Der ewigen hohen Hallen.

Ins Meer fiel er zutiefst.
Das Meer war still und groß.
Ich konnte von dir nicht los.
Du aber schliefst. —

Ausruhen.

Sag mir, warum deine Hände so blaß waren,
So kalt und schwer!
Warum deine guten Augen so naß waren:
Ich weiß es nicht mehr. —

Ich will mein Haupt auf deine Knie legen
Leise und schon wie im Traum.
Du wachst, und ich will mich nie regen:
Atmen will ich kaum. —

Ich war ein Ritter . . .

Ich war ein Ritter vom heiligen Gral,
Ein Jüngling mit Wehr und Wollen.
Das hat nicht sein sollen.
Und es ward anders. Nicht mit einem Mal!

Sie nahmen mir den blanken Schild.
Sie brachen mein Schwert in Stücke.
Zu meinem Glücke,
Sagten sie so väterlich und mild.

Sie gürteten meine Hüfte mit Hohn,
Schmückten mein Haupt mit ihrem falschen
Geschmeide.
Dann riefen sie ihrem Knecht, dem Neide.
Der trieb mich in das Moor davon.

Frühling.

Kann ich in den Frühling treten
Mit dem dumpfen müden Sinn?
Vor das Werden geh' ich hin.
Mich befällt die Sucht zu beten.

Ein Gebet mit Kinderhänden
Und mit weißen weißen Bitten:
Worte die mir längst entglitten,
Wollt' ich unbewußt verwenden.

Frühlingsregen.

Ein Nebel ist über der Stadt.
Die Höhen sind kahl.
Alle Menschen sind matt
Und gehn wie in Qual.

Ein Regen wird niedersinken,
Warm, weich und schwer.
Alle Äcker werden ihn trinken . . .
Nur mein Acker bleibt tropfenleer!

Confessio.

I.

Unvollendet werd' ich mein Werk laſſen!
Ich kann mich wie einen eklen Zwerg haſſen —
Und ſinne wieder träumend eitel in meiner
Seele . . .

Der Tag legt ſeine ſtumpfen Finger an meine
Kehle.
Einmal wird er ſie feſter zuſammenpreſſen:
Dann darf ich ſeine häßlichen Male vergeſſen!

II.

Immer glaub' ich an die Mantelfalten,
Die sich nach den andern Schritten fügen.
Immer glaub' ich meinen andern Zügen,
Folgen glättend sie den müden alten.

Meine Hand, ein schaffensfroher Wager,
Leg ich fordernd oft ans Wachs der Stunden.
Doch die Formen hab' ich nie gefunden,
Die der Traum verschwendet mir ums Lager.

Resignatio morituri.

———

Das Ringen mit Gottes Engel ist nicht mehr
mein Amt:
Der Rost der Tage zerfraß das Schwert, das
einst in der Sonne geflammt,
Zu trägem Lächeln und zu ödem Thun bin ich
verdammt.
Einsehen hat meine schöne Unvernunft ver-
schlammt.

Inhalt.

Von demselben Autor:

Gedichte. Dresden. E. Pierson. 1893.
Rückkehr. 1 Aft. Dresden. E. Pierson. 1894.
Verse (1892—1896). Brünn. R. M. Rohrer. 1896.
Meine Gärten. Einsame Verse. Berlin. Schuster und
    Löffler. 1897.
Heine-Breviarium. Berlin. Fischer und Francke. 1897.
Intérieurs aus dem Leben der Zwanzigjährigen.
    Leipzig. A. Dieckmann. 1898.

————————